生態靜觀　　董心如　畫

01 草山小品 2006-1 綜合媒材／畫布

Grass Mountain Sketch 2006-1 Mixed media on Wood 22.5x30cm

02 草山小品 2006-2 綜合媒材／畫布

Grass Mountain Sketch 2006-2 Mixed media on Wood 22.5x30cm

03 草山小品 2006-4 綜合媒材／畫布

Grass Mountain Sketch 2006-4 Mixed media on Wood 22.5x30cm

04 草山小品 2006-5 綜合媒材／畫布

Grass Mountain Sketch 2006-5 Mixed media on Wood 22.5x30cm

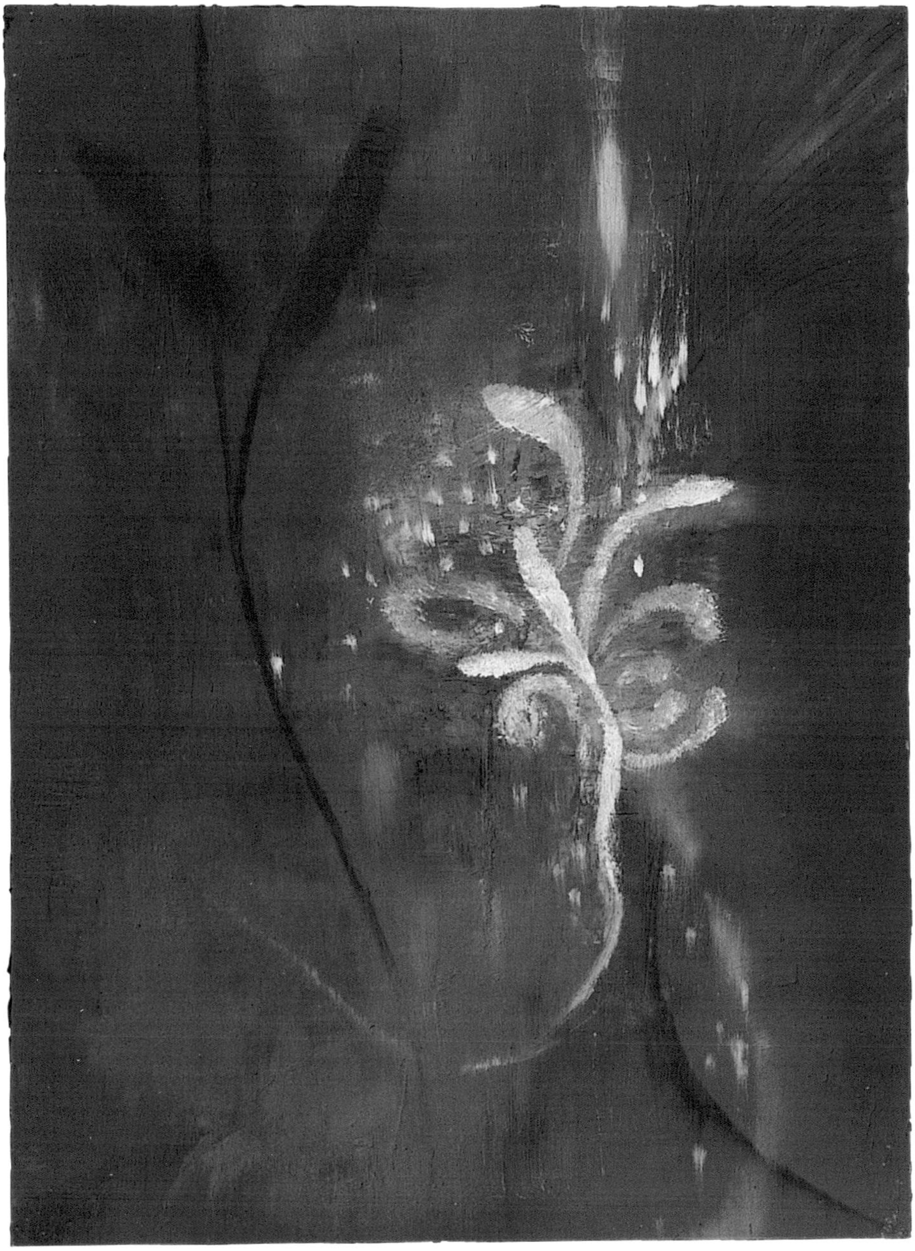

05 草山小品 2006-6 綜合媒材／畫布

Grass Mountain Sketch 2006-6 Mixed media on Wood 22.5x30cm

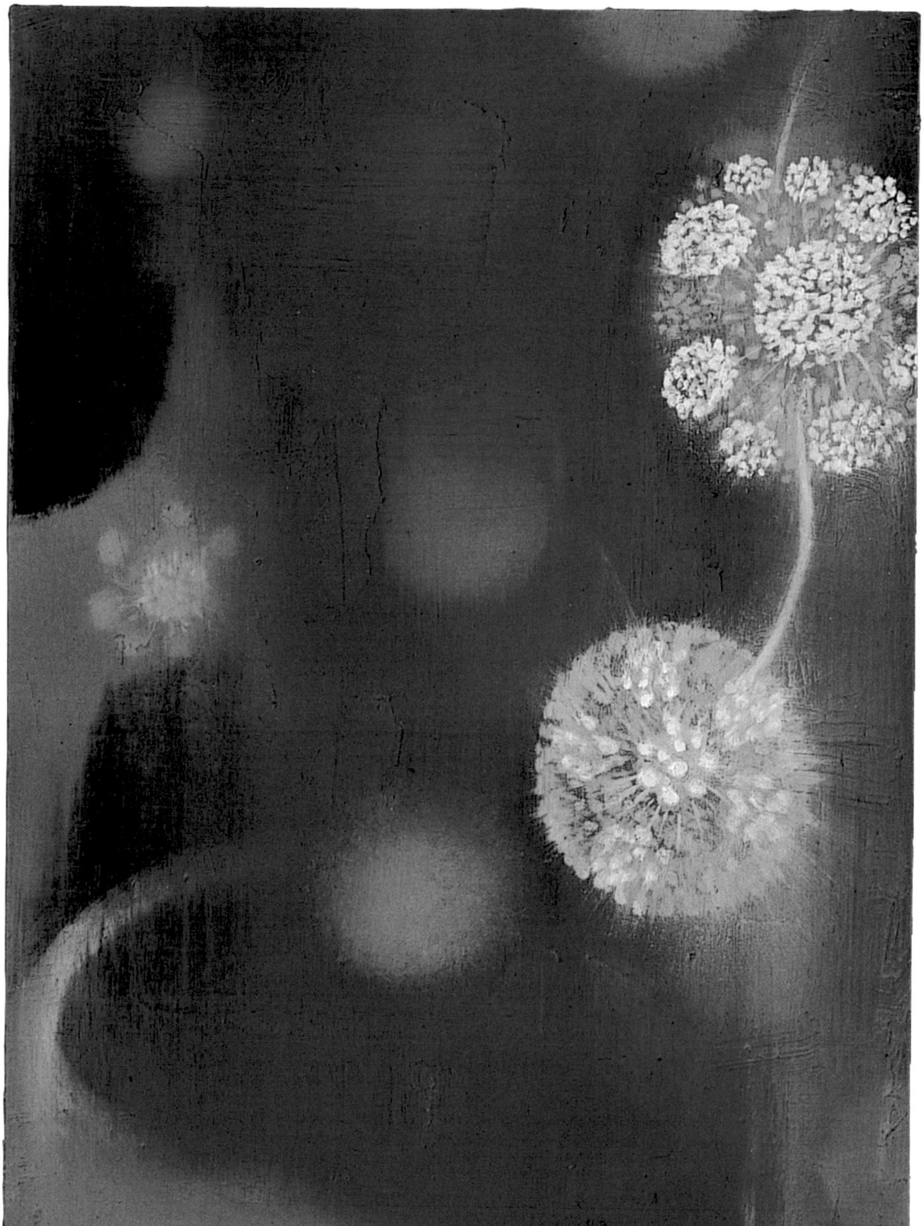

06 草山小品 2006-7 綜合媒材／畫布

Grass Mountain Sketch 2006-7 Mixed media on Wood 22.5x30cm

07 草山小品 2006-8 綜合媒材／畫布

Grass Mountain Sketch 2006-8 Mixed media on Wood 22.5x30cm

08 草山小品 2006-9 綜合媒材 / 畫布

Grass Mountain Sketch 2006-9 Mixed media on Wood 22.5x30cm

09 草山小品 2006-10 綜合媒材／畫布

Grass Mountain Sketch 2006-10 Mixed media on Wood 22.5x30cm

10 草山小品 2006-11 綜合媒材／畫布

Grass Mountain Sketch 2006-11 Mixed media on Canvas 22.5x30cm

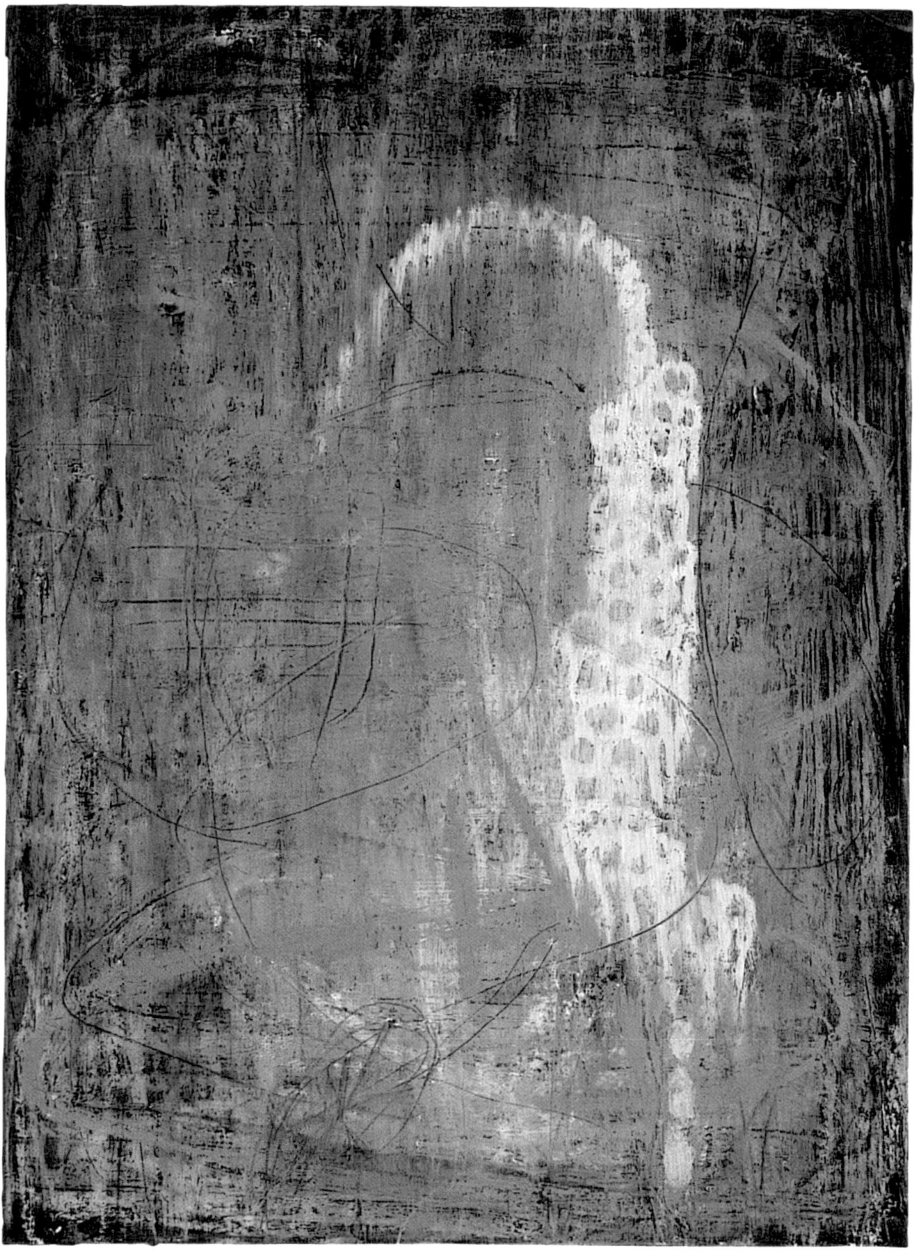

11 草山小品 2007-1 綜合媒材 / 畫布

Grass Mountain Sketch 2007-1 Mixed media on Wood 45x30cm

12 草山小品 2007-2 綜合媒材 / 畫布

Grass Mountain Sketch 2007-2 Mixed media on Wood [illegible]

13 草山小品 2007-3 綜合媒材／畫布

Grass Mountain Sketch 2007-3 Mixed media on Wood 22.5x30cm

14 草山小品 2007-4 綜合媒材／畫布

Grass Mountain Sketch 2007-4 Mixed media on Wood 22.5x30cm

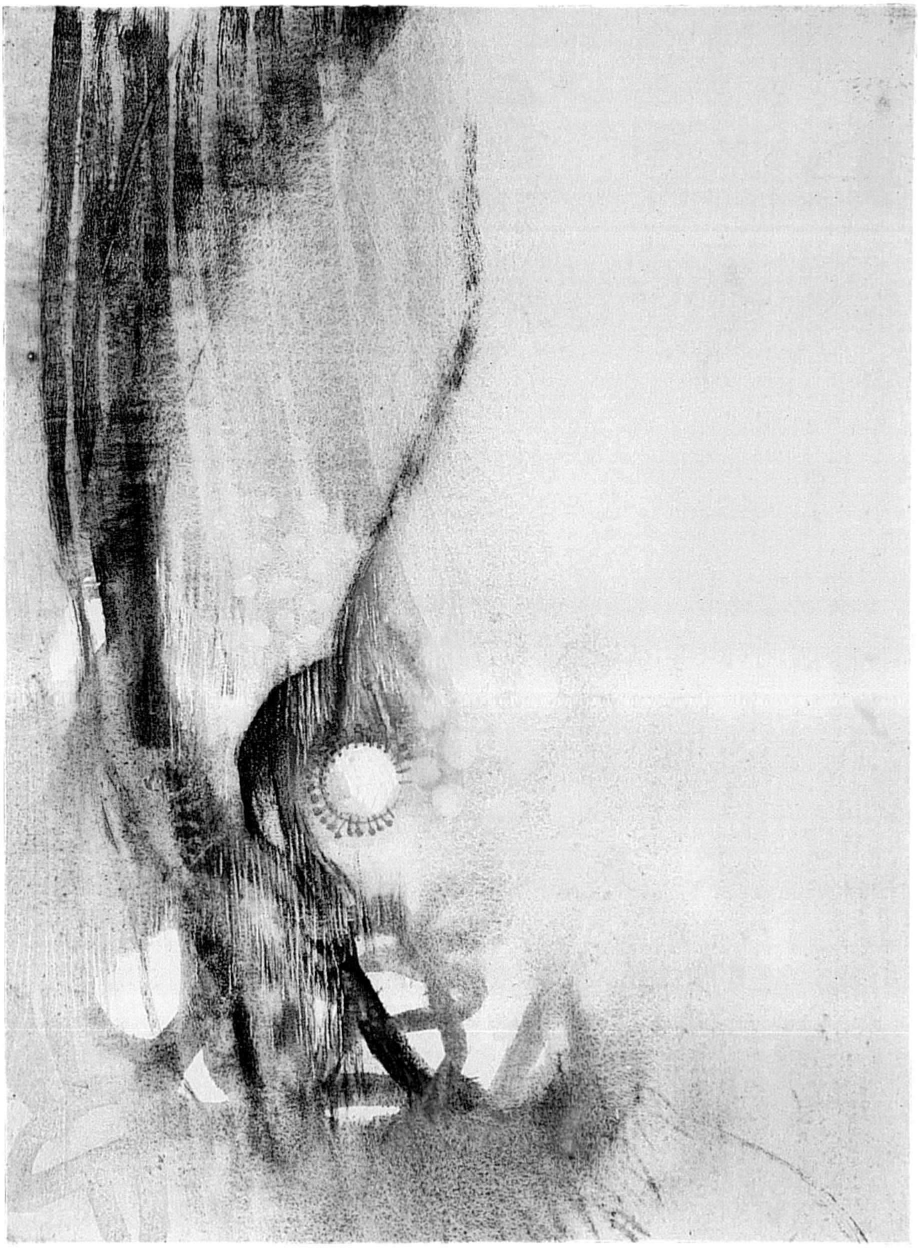

15 草山小品 2007-5 綜合媒材 / 畫布

Grass Mountain Sketch 2007-5 Mixed media on Wood 22.5x30cm

16 草山小品 2007-8 綜合媒材 / 畫布

Grass Mountain Sketch 2007-8 Mixed media on Wood 22.5x30cm

17 草山小品 2007-9 綜合媒材／畫布

Grass Mountain Sketch 2007-9 Mixed media on Wood 45x30cm

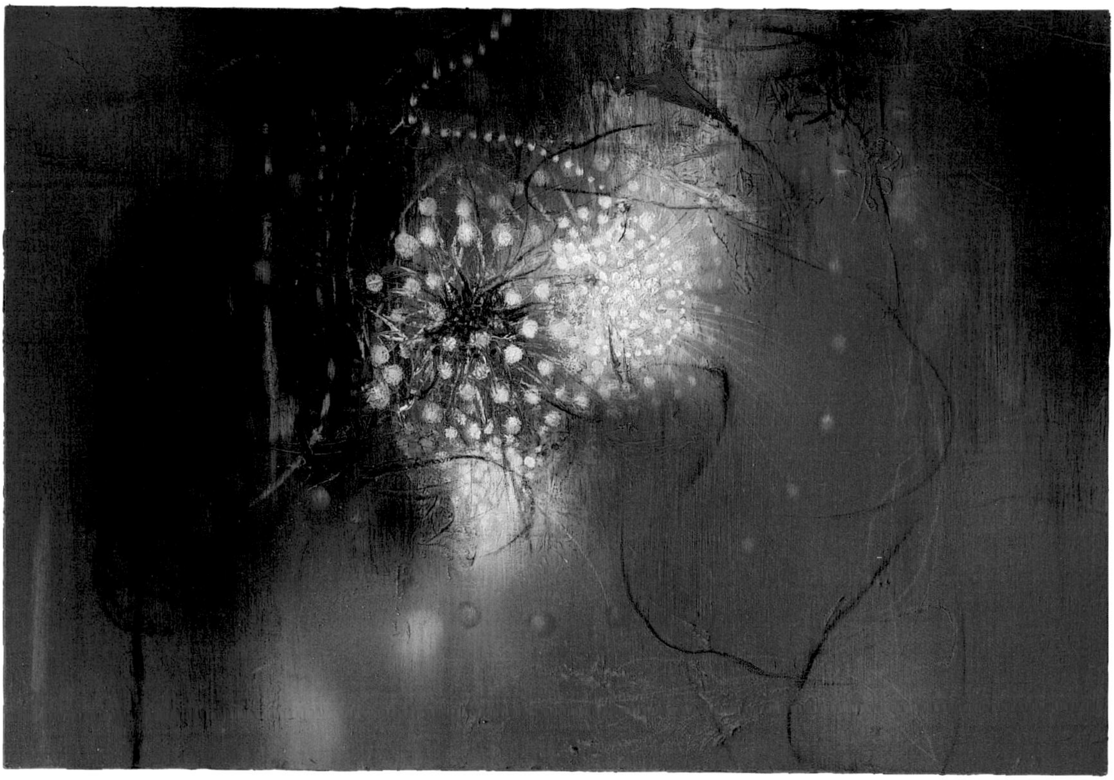

18 草山小品 2007-10 綜合媒材／畫布

Grass Mountain Sketch 2007-10 Mixed media on Wood 45x30cm

19 草山小品 2007-12 綜合媒材／畫布

Grass Mountain Sketch 2007-12 Mixed media on Wood 45x30cm

20 草山小品 2007-14 綜合媒材 / 畫布

Grass Mountain Sketch 2007-14 Mixed media on Wood 22.5x30cm

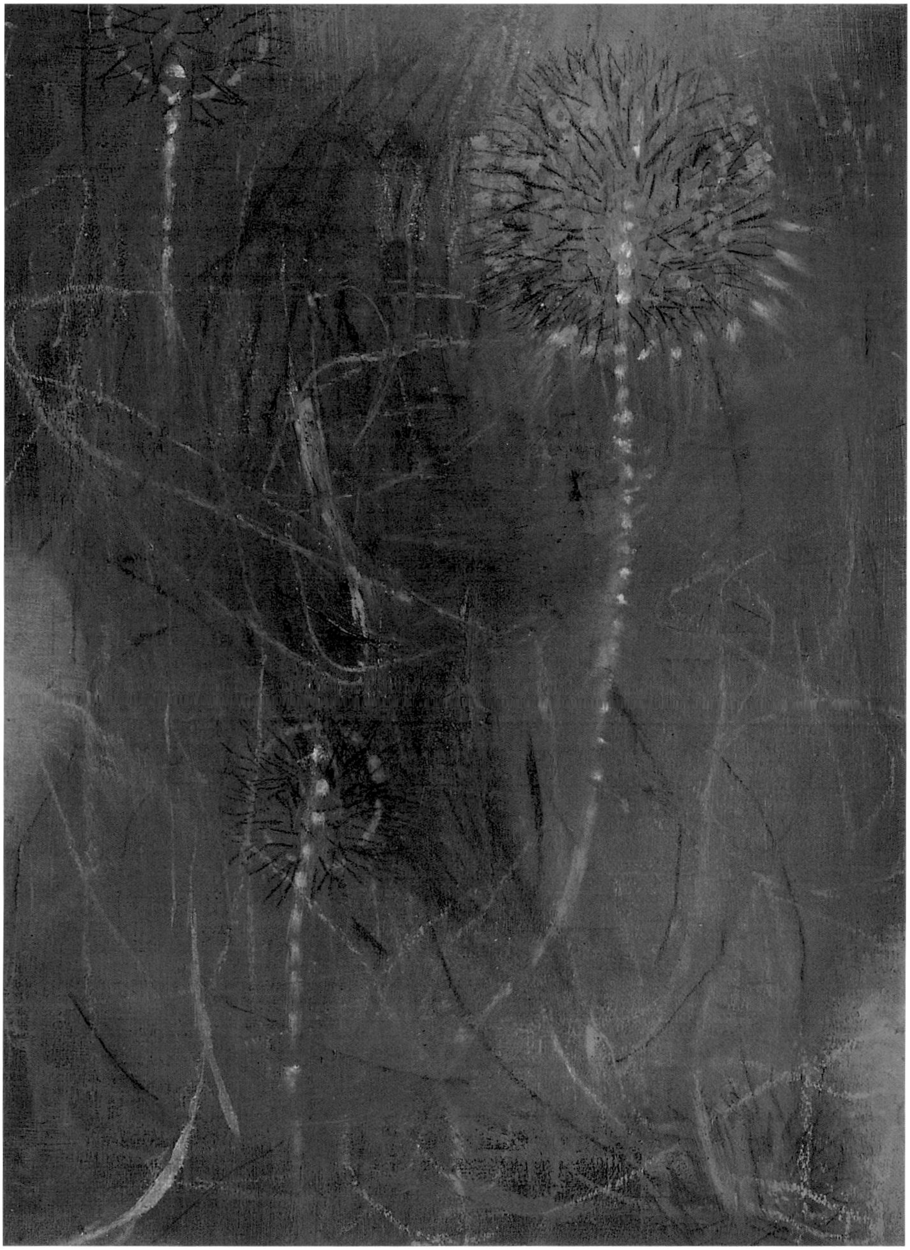

21 草山小品 2007-15 綜合媒材 / 畫布

Grass Mountain Sketch 2007-15 Mixed media on Wood 22.5x30cm

22 草山素描 2006-1 綜合媒材／畫布

Grass Mountain Drawing 2006-1 Mixed media on Canvas 31x41cm

23 草山素描 2006-2 綜合媒材 / 畫布

Grass Mountain Drawing 2006-2 Mixed media on Canvas 31x41cm

24 草山素描 2006-3 綜合媒材 / 畫布

Grass Mountain Drawing 2006-3 Mixed media on Canvas 41x31cm

25 草山素描 2006-4 綜合媒材／畫布

Grass Mountain Drawing 2006-4 Mixed media on Canvas 65x53cm

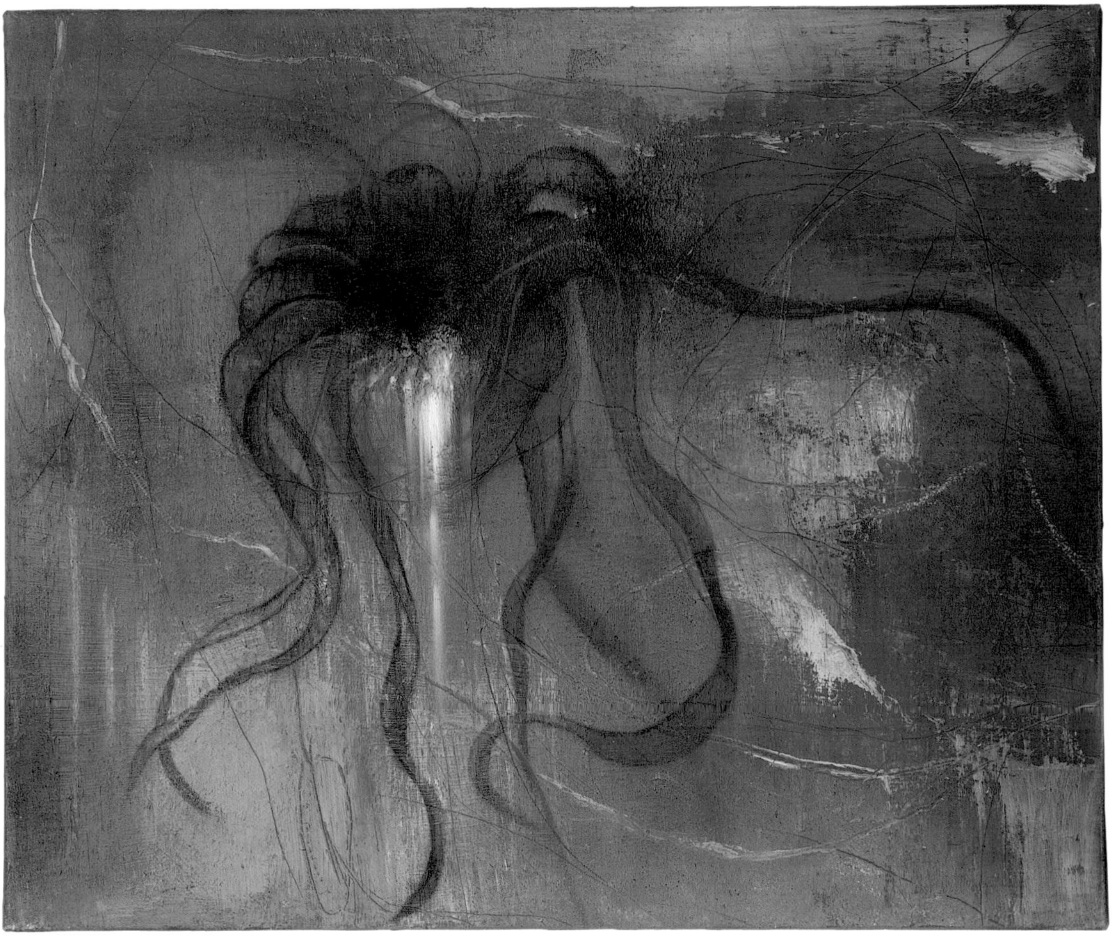

26 草山識界 2007-1 綜合媒材／畫布

World of Sense / Grass Mountain 2007-1 Mixed media on Canvas 90x100cm

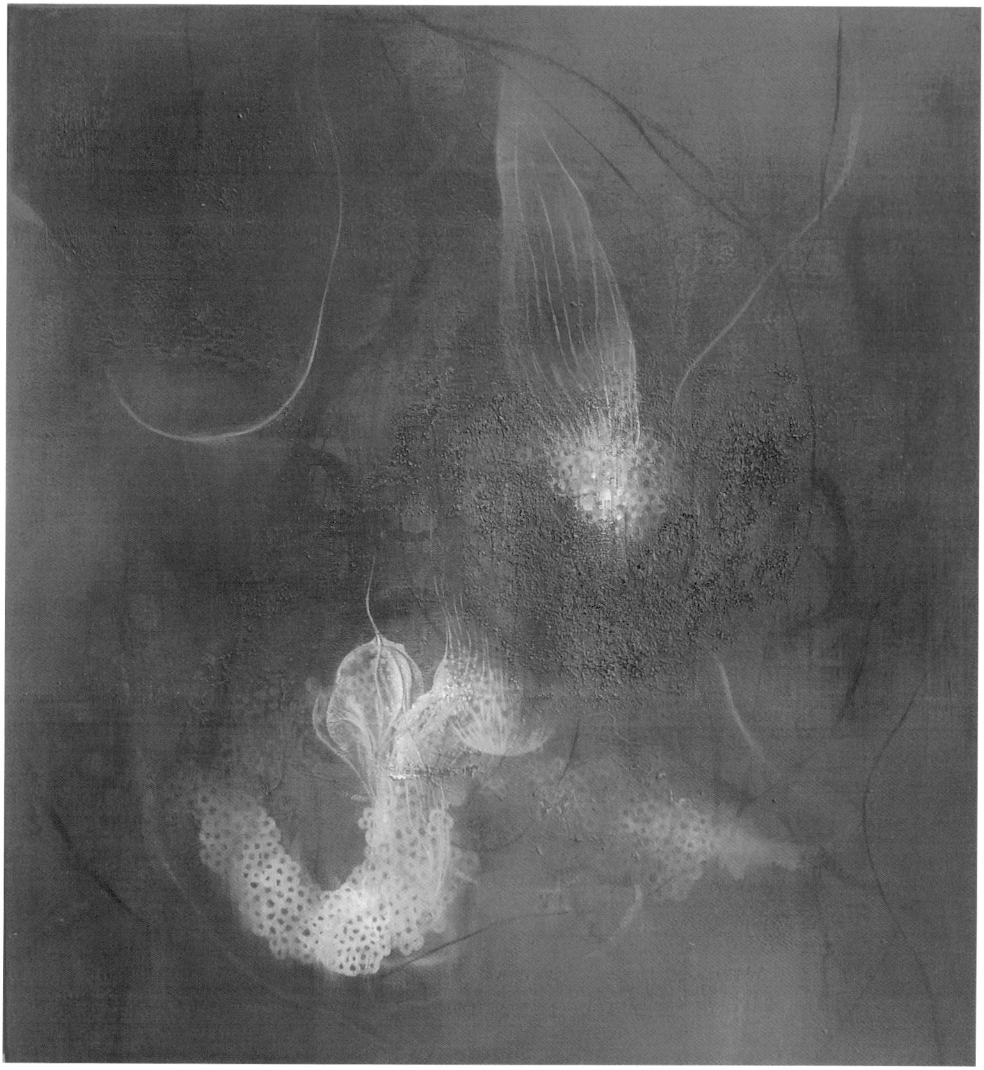

27 草山識界 2007-5 綜合媒材／畫布

World of Sense / Grass Mountain 2007-5 Mixed media on Canvas 80x100cm

28 草山識界 2007-9 綜合媒材／畫布

World of Sense / Grass Mountain 2007-9 Mixed media on Canvas 80x100cm

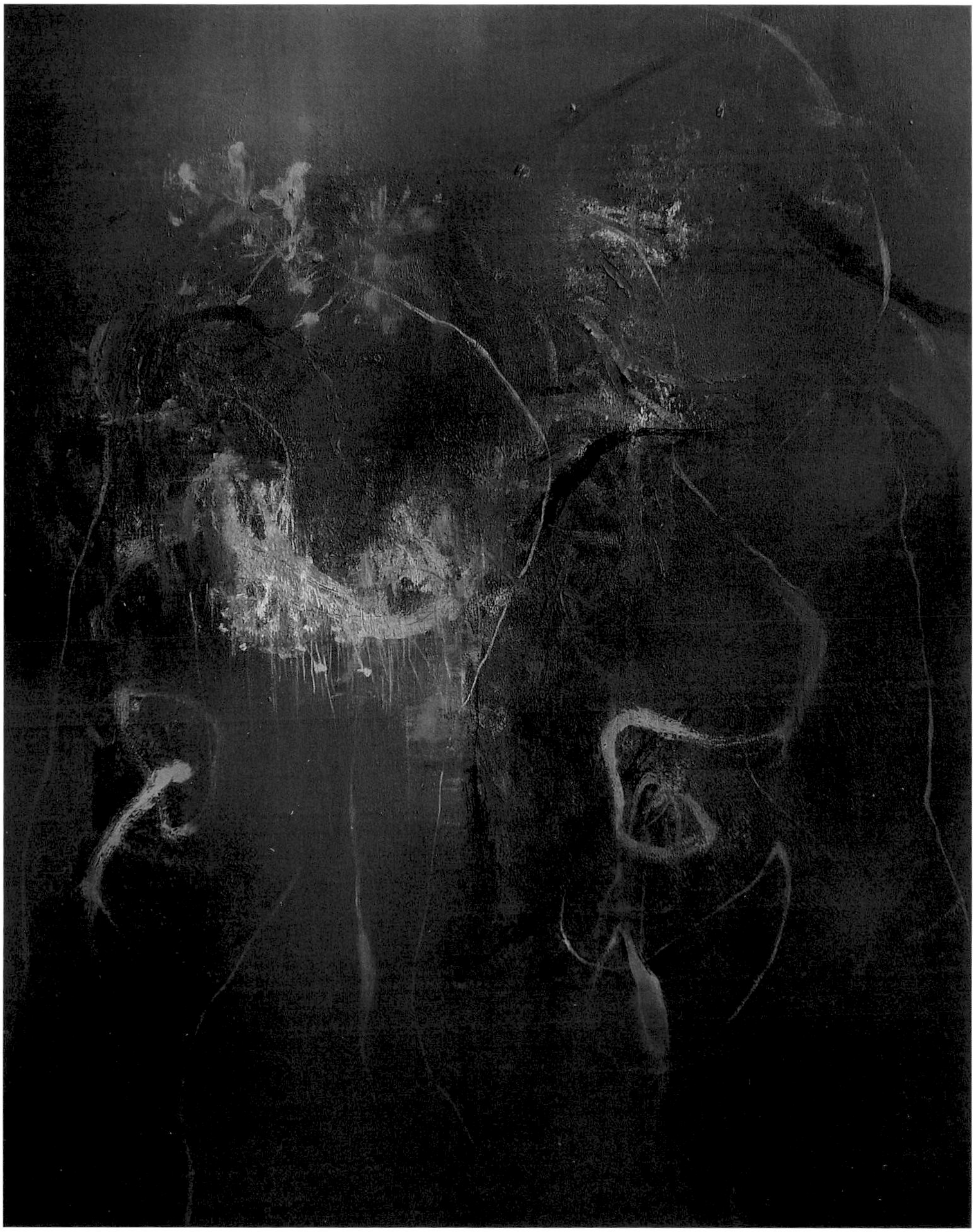

29 識界 2004-1 綜合媒材／畫布

World of Sense 2004-1 Mixed media on Canvas 122x150cm

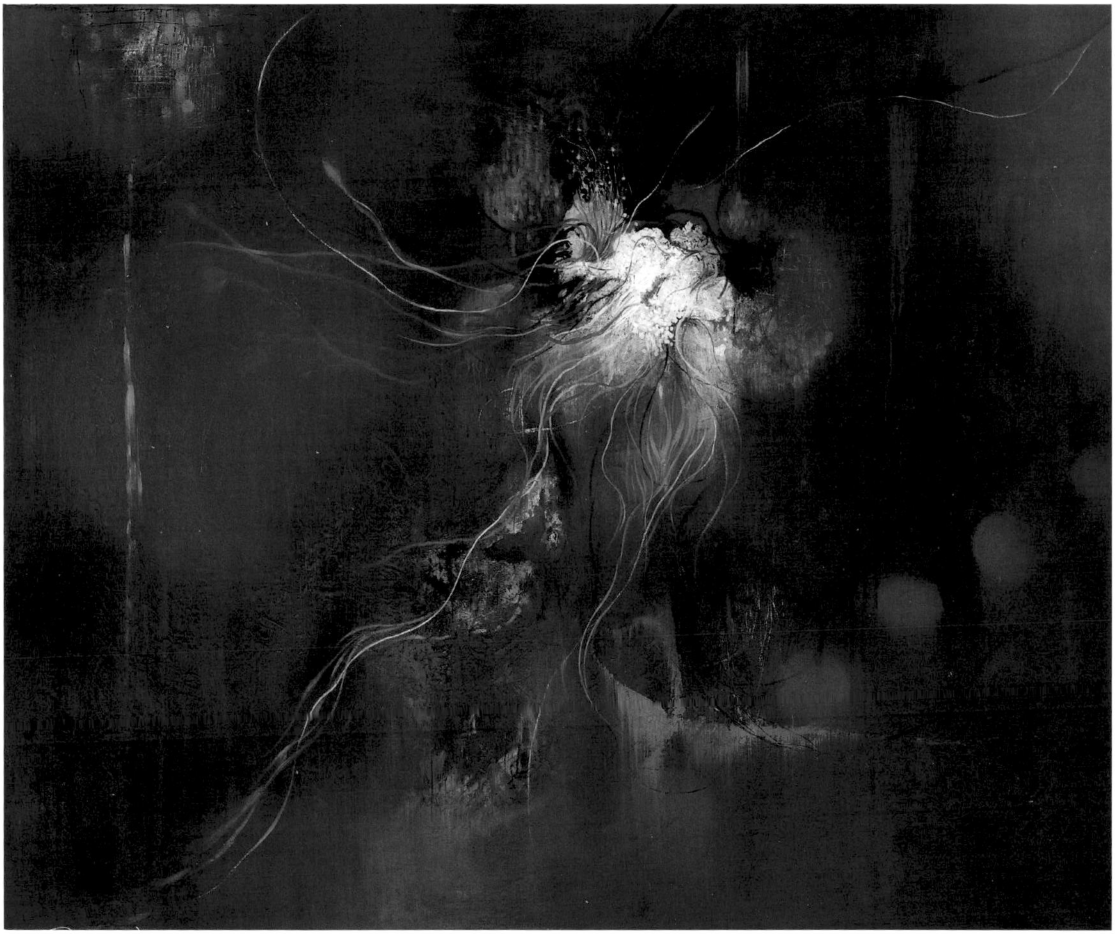

30 識界 2004-4 綜合媒材 / 畫布

World of Sense 2004-4 Mixed media on Canvas 106x137cm

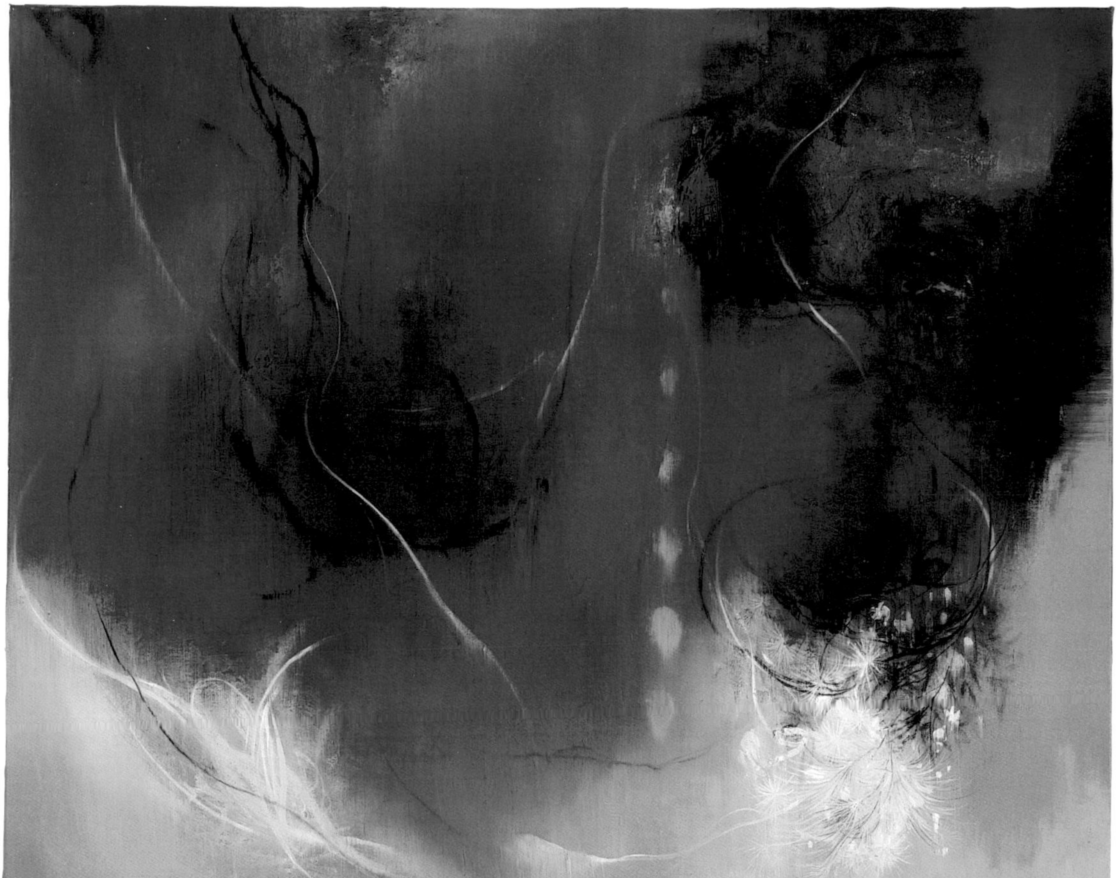

31 識界 2004-5 綜合媒材／畫布

World of Sense 2004-5 Mixed media on Canvas 106x137cm

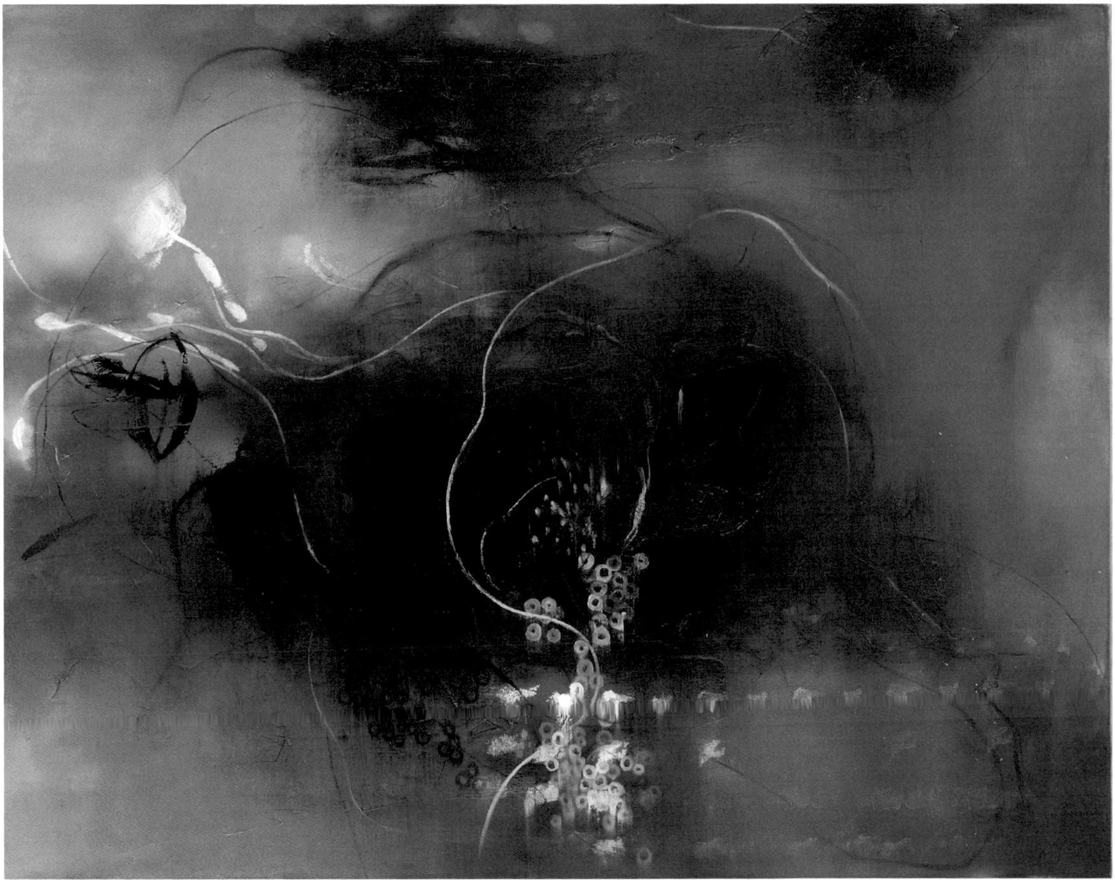

32 識界 2004-6 綜合媒材 / 畫布

Image of Mind 2004-6 Mixed media on Canvas 60x60cm

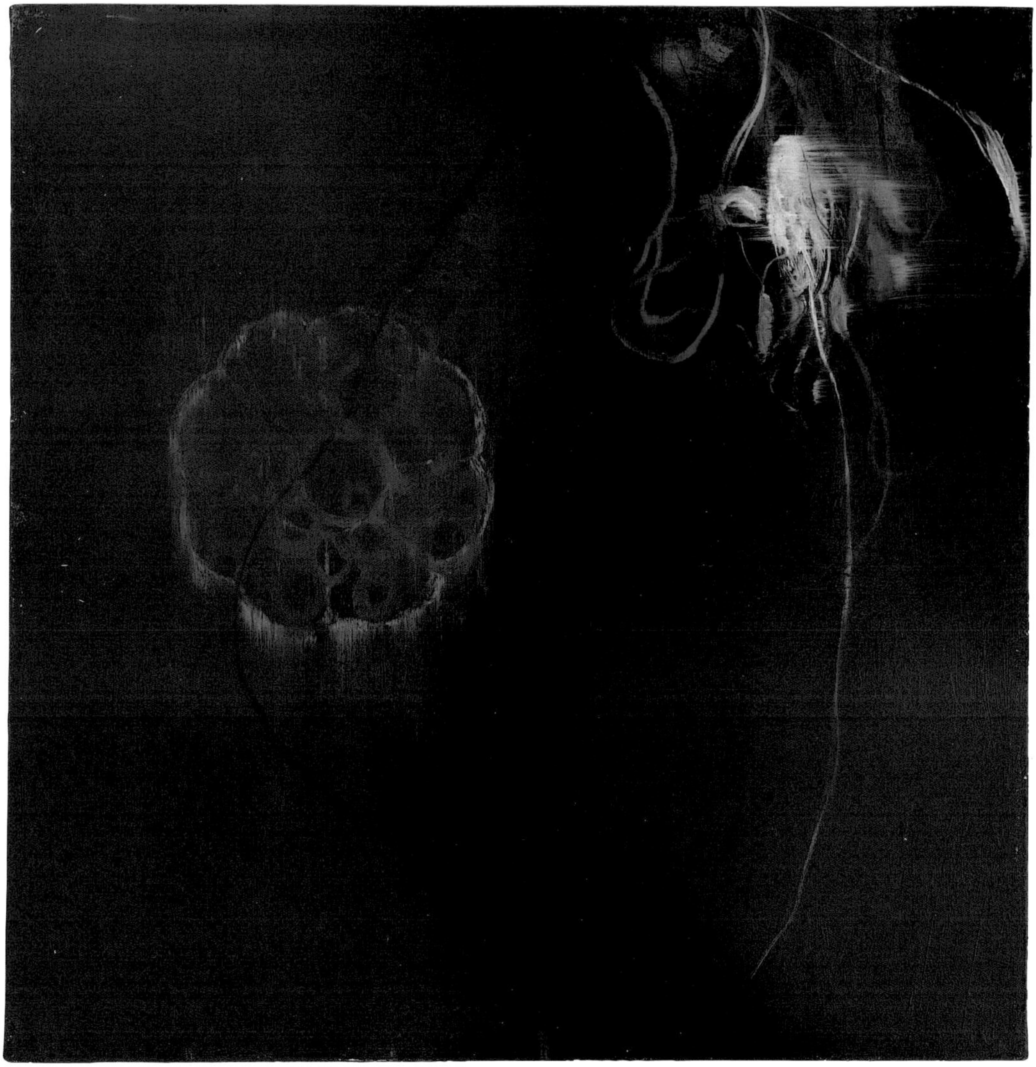

33 識界 2005-18 綜合媒材 / 畫布

World of Sense 2005-18 Mixed media on Canvas 81x82cm

34 識界 2006-5 綜合媒材／畫布

World of Sense 2006-5 Mixed media on Canvas 60x60cm

35 識界 2007-1 綜合媒材／畫布

World of Sense 2007-1 Mixed media on Canvas 91x96cm

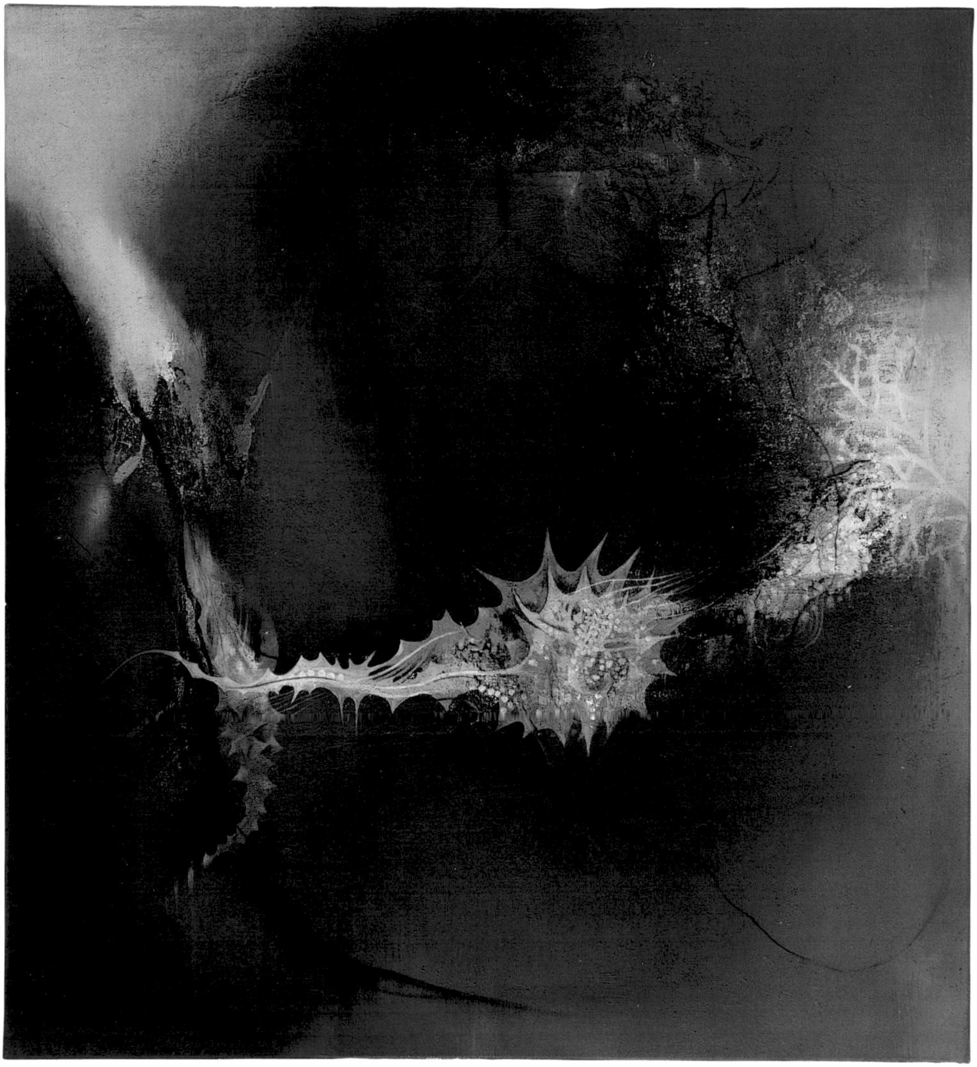

36 識界 2007-2 綜合媒材 / 畫布

World of Sense 2007-2 Mixed media on Canvas 91x96cm

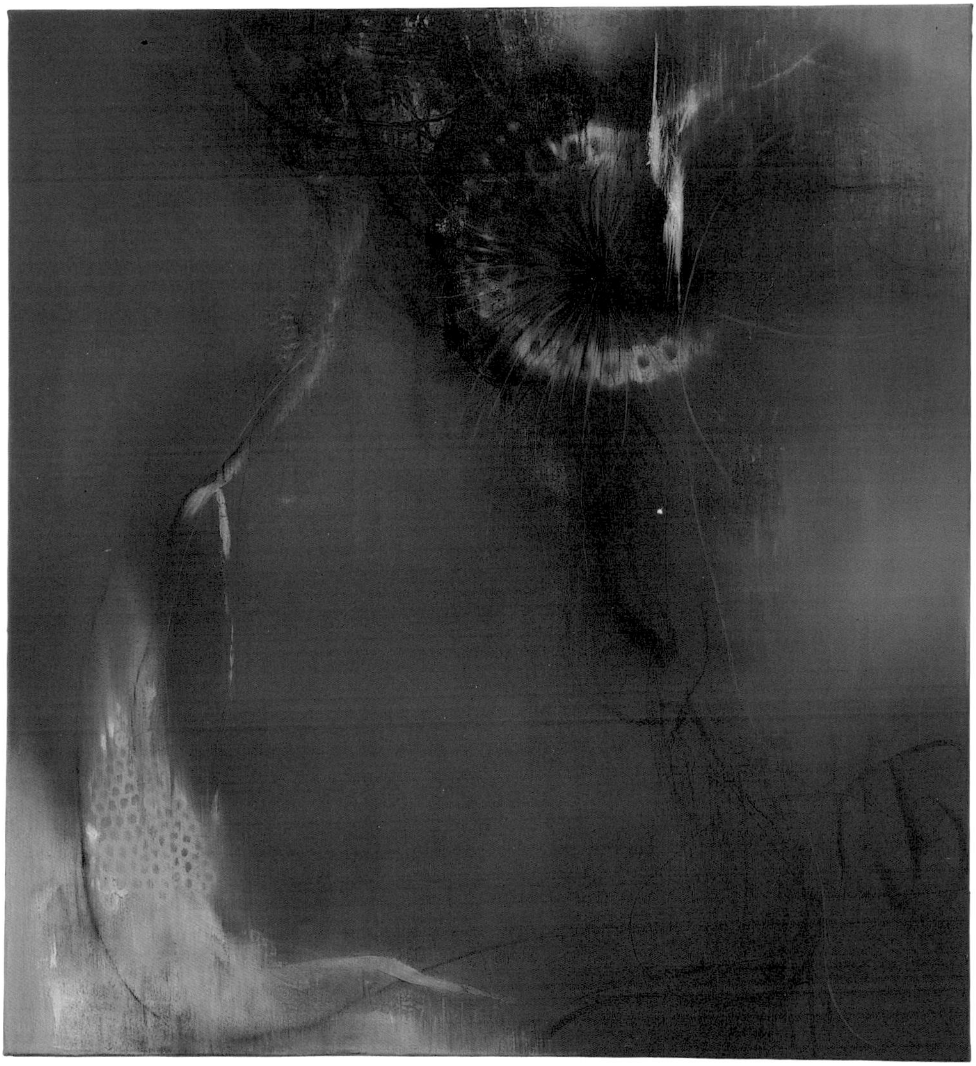

37 識界 2007-4 綜合媒材 / 畫布

World of Sense 2007-4 Mixed media on Canvas 91x96cm

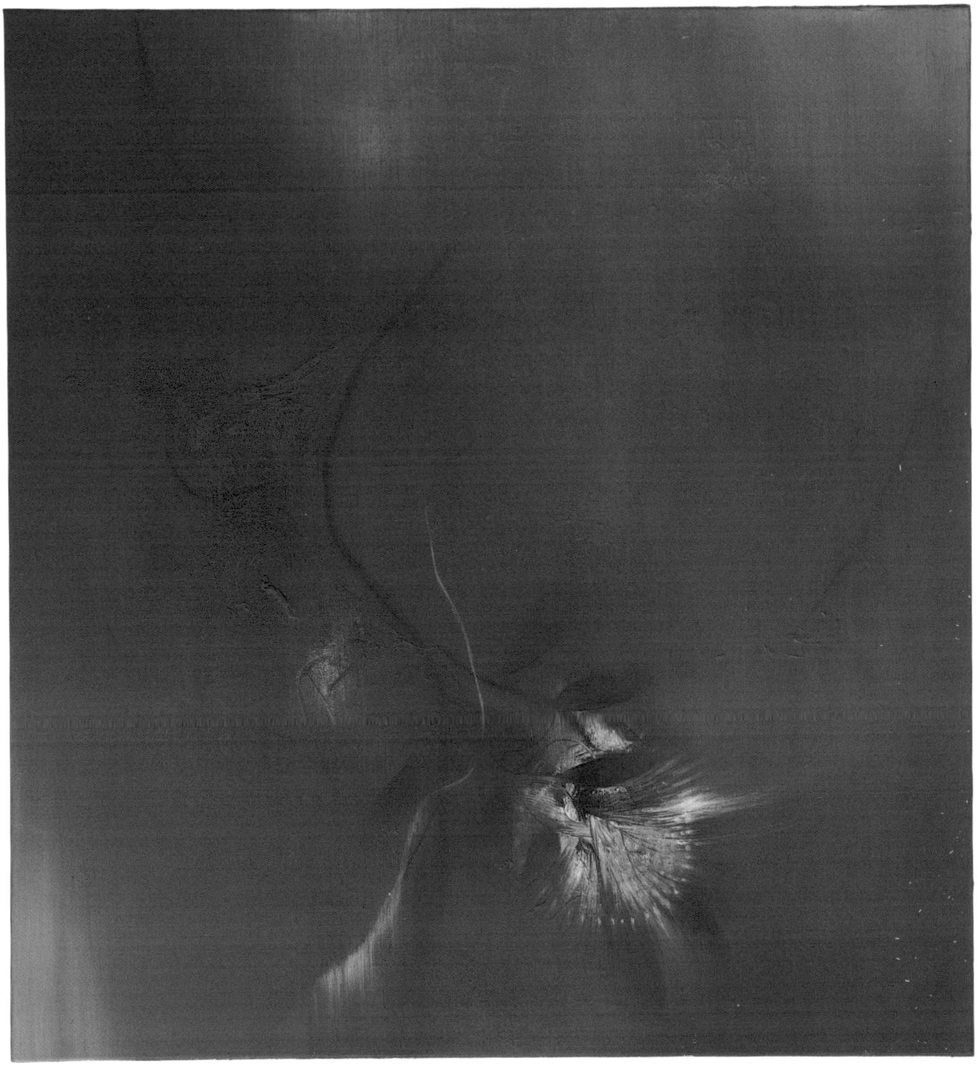

38 觀微 2005-1 綜合媒材 / 畫布

Observe Microcosm 2005-1 Mixed media on Canvas 135x148cm

39 觀微 2006-1 綜合媒材／畫布

Observe Microcosm 2006-1 Mixed media on Canvas 150x138cm

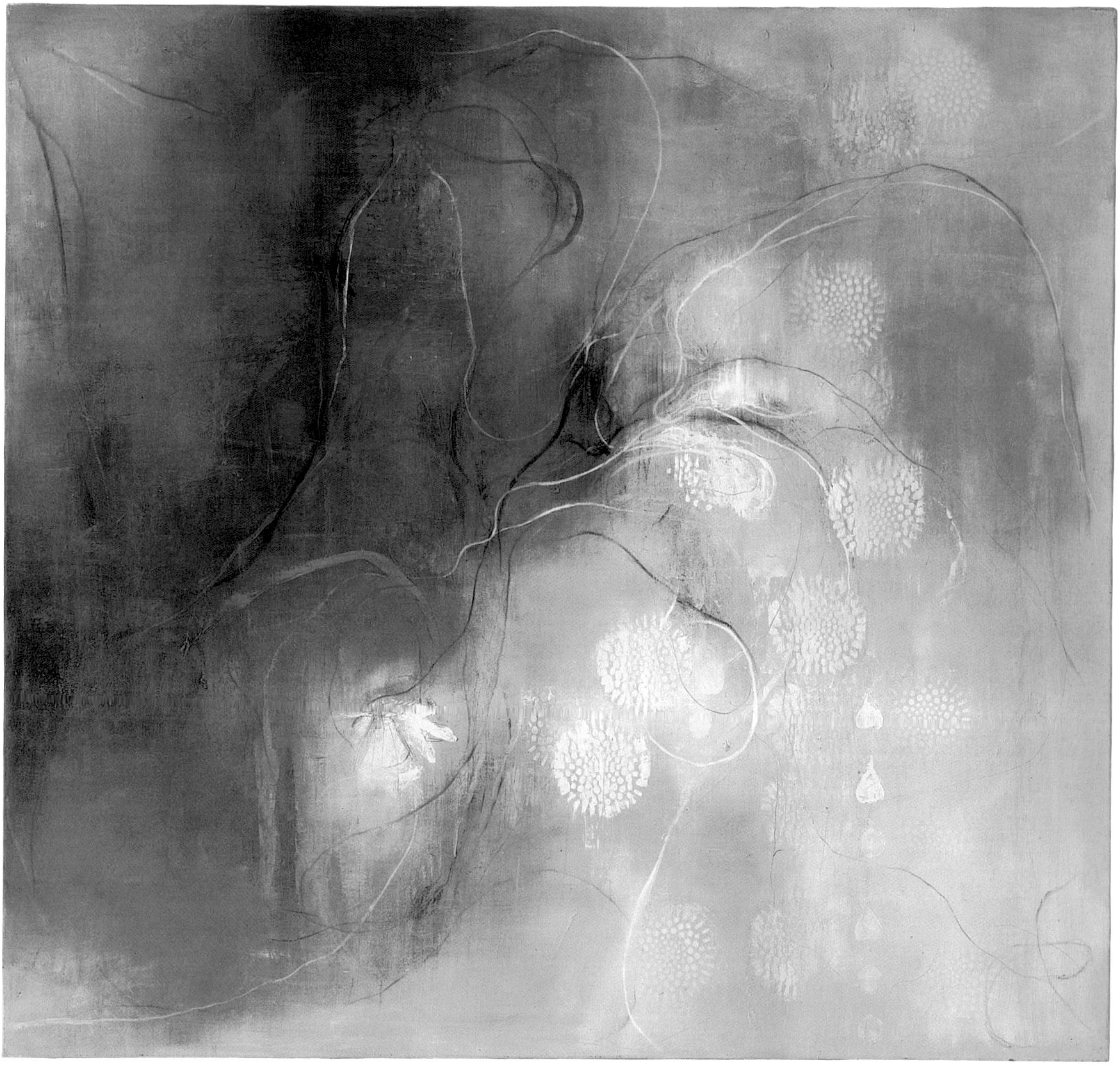

40 觀微 2008-2 綜合媒材 / 畫布

Observe Microcosm 2008-2 Mixed media on Canvas 136x148cm

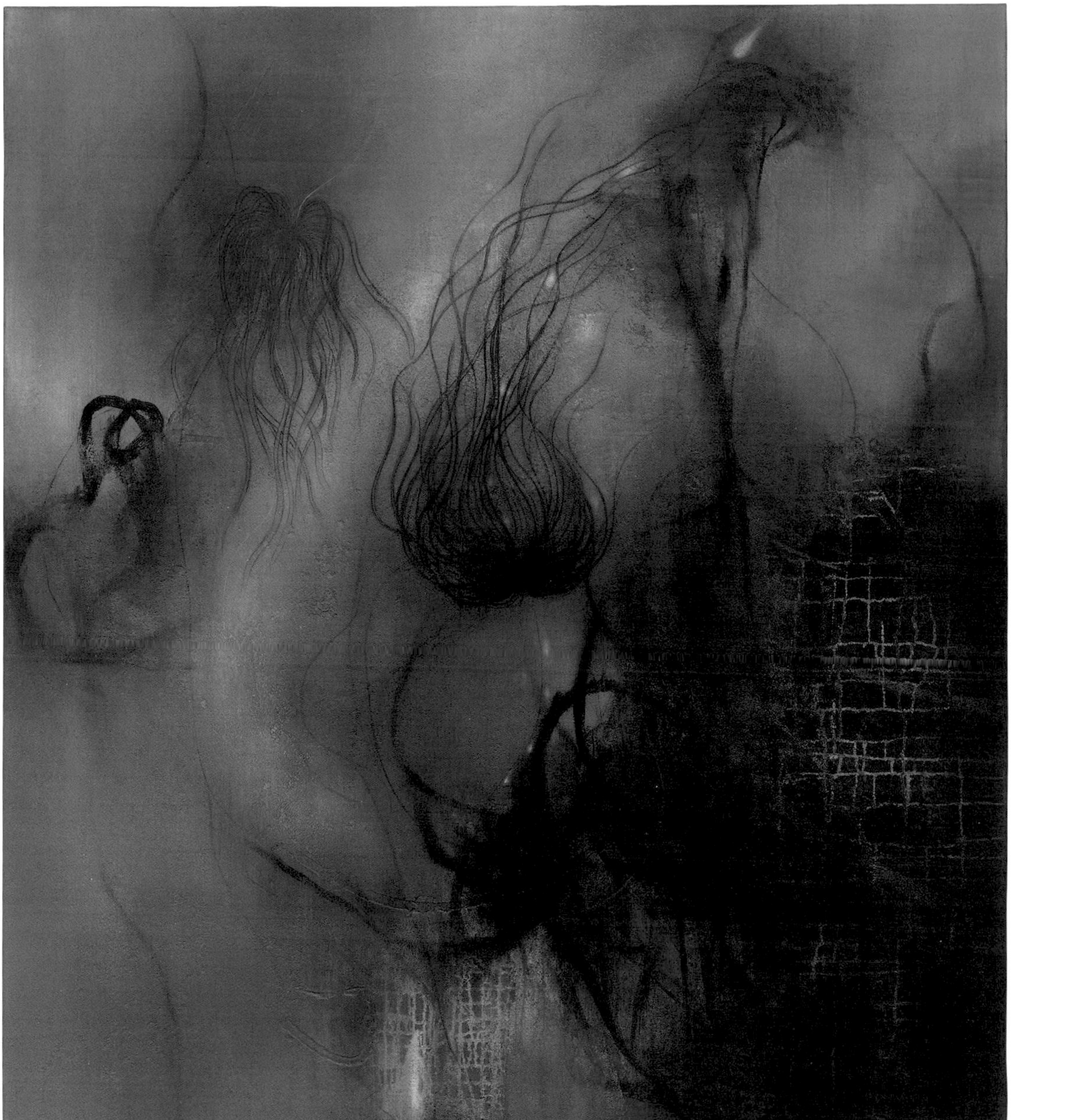

41 觀微 2008-3 綜合媒材／畫布

Observe Microcosm 2008-3 Mixed media on Canvas 136x148cm

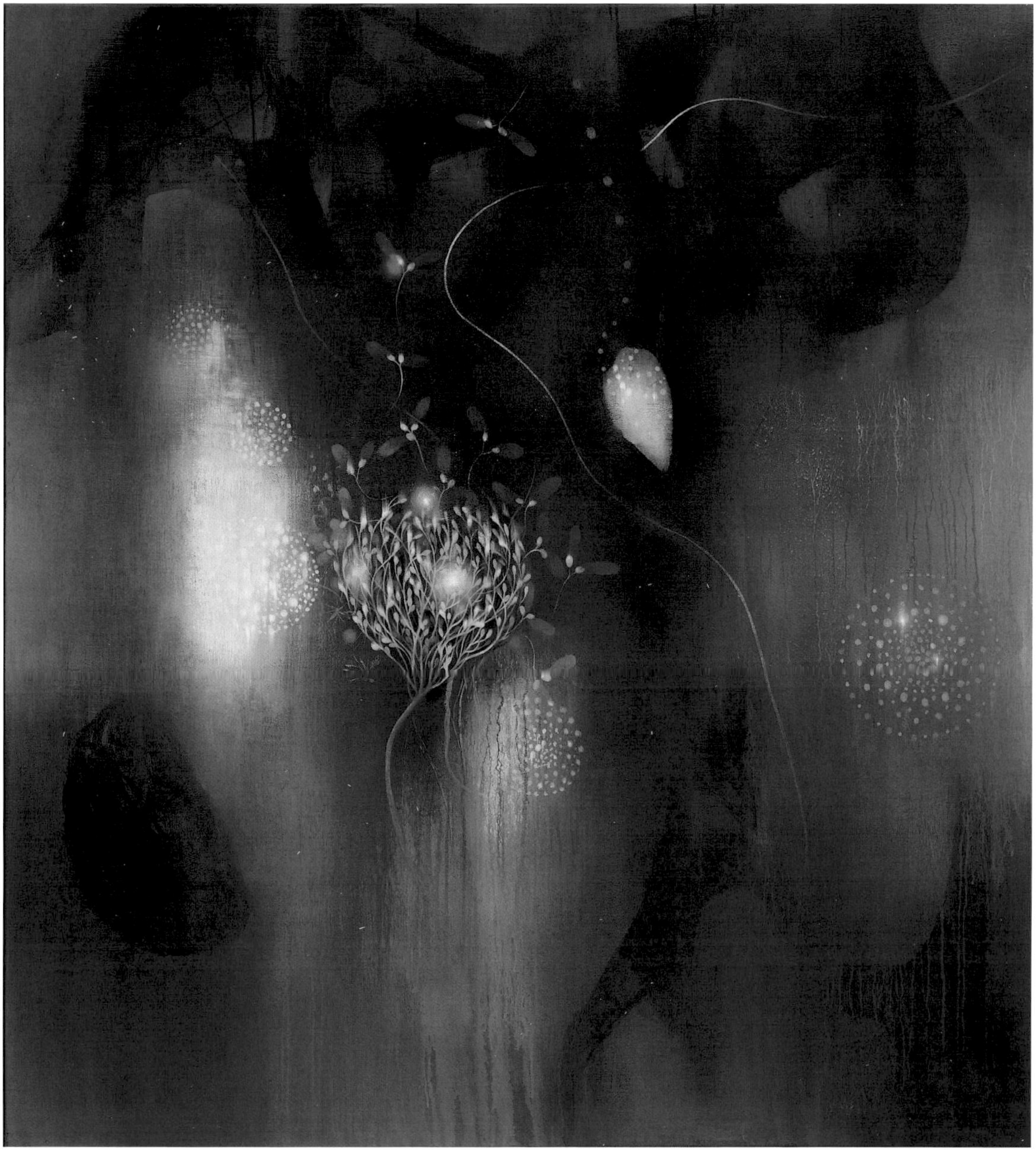

42 觀微 2008-4 綜合媒材／畫布

Observe Microcosm 2008-4 Mixed media on Canvas 136x148cm

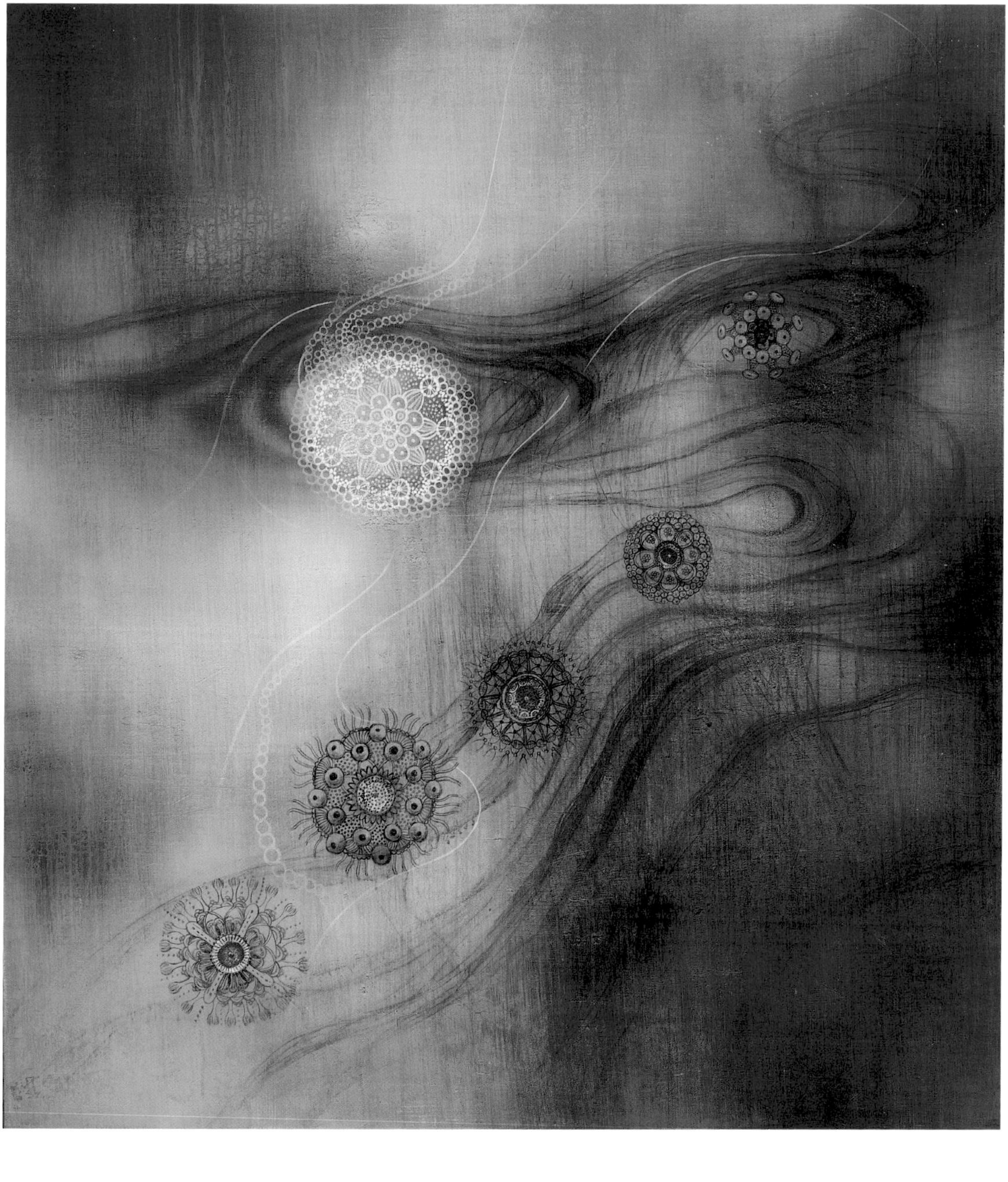

43 觀微 2008-5 綜合媒材／畫布

Observe Microcosm 2008-5 Mixed media on Canvas 136x148cm

44 觀微 2008-6 綜合媒材 / 畫布

Observe Microcosm 2008-6 Mixed media on Canvas 136x148cm

45 觀微 2008-8 綜合媒材／畫布

Observe Microcosm 2008-8 Mixed media on Canvas 136x148cm

46 觀微 2008-9 綜合媒材／畫布

Observe Microcosm 2008-9 Mixed media on Canvas 117x122cm

生態靜觀　　董 心如

董 心 如

一九六四年出生於台灣台北，父親為詩人向明
國立台北藝術大學美術系水墨組畢業
美國紐約普萊特藝術學院藝術碩士
現為專業畫家，並任職台北師範大學
與華梵大學美術系兼任副教授

重要個展

2008〝觀微　董心如2008個展〞台灣台北 非常廟藝文空間
2005〝形域．識界〞董心如個展　台灣台北 雅逸藝術中心
2004〝董心如個展〞台灣新竹 沙湖壢藝術園區
2003〝境痕 II〞董心如個展　丹麥哥本哈根 Butzbach Art Gallery
1999〝形域〞董心如個展　台灣台北 太平洋文化基金會藝術中心
1998〝境痕〞董心如個展　台灣台北縣 台北縣文化局
1996〝山海經系列〞董心如個展　美國紐約 美華藝術中心

作品典藏

台 中　　國立台灣美術館
高 雄　　高雄市立美術館
台 北　　關渡美術館

出版品

形域・董心如畫冊
境痕・董心如畫冊
螢火蟲・圖畫書
魚和蝦的對話・圖畫書
小村子變大村子・圖畫書

TUNG HSIN RU

1964 Born in Taipei, Taiwan
Bachelor of Fine Arts, National Institute of the Arts,
Taiwan Master of Fine Arts, Pratt Institute, NY, USA
Associate Professor of Dept. of Fine Arts,
National Taiwan Normal University
& Hua Fan University, Taiwan

SOLO EXHIBITION

2008 "Observe Microcosm : Tung Hsin Ru 2008 Solo Exhibition" , VT Art Salon, Taiwan
2004 "Realm of Form · World of Sense : Tung Hsin Ru Solo Exhibition" , Julia Art Gallery, Taiwan
2004 "Tung Hsin Ru Solo Exhibition" Safulak Gallery, Hsinchu County, Taiwan
2003 "Tung Hsin Ru Solo Exhibition" Butzbach Art Gallery, Copenhagen, Denmark
2002 "Traces of Realm II" Ravanel European Art Group, Singapore
1999 "Realm of Form" Pacific Cultural Foundation Art Center, Taipei, Taiwan
1998 "Traces of Realm" Taipei County Cultural Center, Taipei County, Taiwan
1996 "Chang-Hai Ching" Gallery 456

PUBLIC COLLECTION

Kuandu Museum of Fine Arts, Taipei, Taiwan
National Taiwan Museum of Fine Arts, Taichung, Taiwan
Kaohsiung Museum of Fine Arts, Kaohsiung, Taiwan

PUBLCATION

Catalogue of Tung Hsin Ru Art Works:
Traces of Realm 1998
Realm of Form 2003

Children's Picture Book:
Small Village & Large Village
Firefly
Dialogue between Fish and Shimp

出版日期　　2008年12月　初版
ISBN　978-986-6631-41-2
定　　價　　1350元

Published by **INK** Literary Monthly Publishing Co.,Ltd

Printed in Taiwan

國家圖書館出版品預行編目資料

生態靜觀 / 向　明 詩　董心如 畫
-- 初版， -- 台北縣中和市：INK印刻文學，
2008.12　面；公分（文學叢書；312）
ISBN　978-986-6631-41-2（精裝）

851.486　　97022918

贊　　助　　台北市文化局
　　　　　　台灣伊格森德彩印有限公司IGSD AP

封面 & 內頁視覺構成　質了 innate

INK PUBLISHING 文學叢書 213

生態靜觀

作　　者　向　明詩　董心如 畫
策　　劃　向　明　董心如
總 編 輯　初安民
責任編輯　董心如
美術編輯　盧　正　李宜聰　孫　韡

發 行 人　張書銘
出　　版　INK印刻文學生活雜誌出版有限公司
台北縣中和市中正路800號13樓之3
電話：02.2228.1626
傳真：02.2228.1598
e-mail：ink.book@msa.hinet.net
網　　址　舒讀網http://www.sudu.cc

法律顧問　漢廷法律事務所
劉大正 律師
總 代 理　展智文化事業股份有限公司
訂購電話：02.2253.3362 / 02.2253.5856
訂購傳真：02.2251.8350
郵政劃撥　19000691 成陽出版股份有限公司
印　　刷　高線數製版印刷製作 & 監督
台灣伊格森德彩印有限公司IGSD AP & 詹順正
116台灣台北市文山區福興路108-8號1樓
tel：02-29333798　fax：02-29338624
e-mail：shimano.zan@xuite.net

Xiang Ming, pen name of Tung Ping, was born in Hunan Province in 1928. Once he served as the chief editor of " Blue Star" , chairman of " Taiwan Poetics Quarterly" , the chairperson of " International Poet' s Pen Association" .

Xiang Ming has received National Literature and Arts Medal.

Chung-shan Literature and Arts Award.

World Arts and Culture Academia also conferred an honorary degree upon him in 1988.

Xiang Ming publication included poems, prose, fairy tales and others. Except composing poems,

He is now a columnist of a newspaper.

Xiang Ming

出版有

詩話集　詩來詩往、我為詩狂、詩中天地寬
　　　　新詩一百問、窺詩手記、客子光陰詩卷裏
　　　　向明新詩話、走在詩國邊緣
散文集　甜鹹酸梅、三情隨筆
童話集　糖菓樹、香味口袋、走出阿富汗
新詩集　雨天書、狼煙、五弦琴、青春的臉
　　　　向明自選集、水的回想、隨身的糾纏
　　　　向明世紀詩選、向明短詩選、陽光顆粒
　　　　食餘飲後集及童詩集螢火蟲
譯詩集　阿達·阿哈羅麗詩選
編　選　覃子豪短詩選、情趣小詩選
　　　　爾雅七十三年·七十九年·八十一年詩選
合　編　可愛小詩選、讓詩飛揚起來、新詩播種者

向明

本名董平，一九二八年生，湖南長沙人
藍星詩社資深同仁，曾任藍星詩刊主編
台灣詩學季刊社社長、年度詩選主編
中華日報副刊編輯、防衛科技雜誌總編輯
曾獲文藝獎章、中山文藝獎、國家文藝獎
詩魂金獎
世界藝術與文化学院於
一九八八年授予榮譽文學博士
作品譯成英．法．德．荷．日．韓．南斯拉夫
斯洛伐克等國文字，選入國內外各大選集
除詩作不斷外，現亦為專欄作家

生態靜觀

向明

詩章織就時間的經緯
顏彩鋪成空間的繁華
生命的春天
就會永遠璀璨

向明題記 時年八十一歲

晴朗的詩

落葉呵！
你已經摔在地上了
還在窸窣些什麼？

落葉回答：
這已經是最後機會了
我還要粘着些陽光

阿勃勒總是捷足先登
五月一到，脖子上
便掛滿成串的陽光珠珠

羡煞那些匐伏在地的籐蘿
攀爬一生
結交的都是些陰影

依利亞特
奧德賽
是瞎子荷馬的另一双眼睛

瞪瞪的化作神的分身
讓宙斯送來雷電
使波塞冬製造地震

三月三，地菜子煮雞蛋
媽媽的歌 暖如陽光
唱出我一輩子的光亮

隔海如隔靴
同樣抓不到傷痛的真相
唱媽媽的歌我就不心慌

假若我的心
不斷這樣被你唸叨着
多好，多好

唸一次、我打一個噴涕
唸一次、你作一個揖
揭諦揭諦—陽光新第

六

且高唱快樂頌
且大啖芒果冰
且遲遲睡到過午猶不醒
為什麼不呢？
你且說
為何不降伏其心無所住？

生態靜觀

在叢林之中
要找一小塊立足之地
多麼難呀！

一棵素色的竹葵如是說
只好把瘦小的脖子
拼命的向上　向上

斯人說：
幾枝野籐 悄悄
完成了陰影

風鼓動葉子掌聲歡呼
螢火蟲．終於
不至失業

哈利路亞
阿彌陀佛
真主阿拉
太上老君

最沒安全感的是愛唱歌的夜鶯
頻頻向黯黑尋求憐憫

小雨點
總是乘風擴大解釋
它的影響力

在螞蟻一丁點的眼中
一公分　當然
大於一畝地

都説湖水是一面鏡子
全然無私地
鑑照着天地

都説天地賴着鏡子不走
湖水抽不出身來
看看自己

陀螺一生在追求一個圓
終點即是起點
起點即是終點

遺憾的是
空有獨立的自信
缺乏平衡的支撐

七

不要緊張
風對著
搖搖欲墜的果實說
衹是來掂掂你
成熟的重量
何必緊張

把海洋淘洗一次吧
魚蝦們
這樣盤算着

去掉潮汐的盈虧
洗去渾身的腥臭
無風無浪的日子好過些

孑孓們漫生着
一大群難解的符號
頻頻向世間發送

於是我們趕快培植除蟲菊
於是我們匆忙點上電蚊香
於是我們終於患了登革熱

車輪們奮力向前強強滾
從來不管前面
是黎明　還是黃昏

這口氣和牛漢的牛勁
「只要背對地獄就　走進天堂」
異曲同工

註：

「七月派」詩人牛漢於今年四月發表短詩

〔信心〕僅兩行，原詩為

「只要面孔背著地獄／腳步總能走進天堂」。

嗩吶伸長了脖子
無腔無調的哭喊
大概是和相依為命的音符失散了

要不就是
和烏鴉一樣
老愛無聊的報喪

春天把樹葉一律戴上綠扁帽
秋天却討厭這種專制
硬給換頂褐黃的頭飾

角落裡的衣帽架最無趣
從前老戴也是綠色大盤帽
現在天冷破氈帽也輪不上

船來了
我們快去流浪吧
遠方有好美的陌生地

群樹等了整整的一生
好想趁機撒腿就跑
才知下半身早栽在泥土裡

彤彤指着我問媽媽
他那麼老
為什麼叫他外公？

我正做愛因斯坦的好夢
方知凡天真者
才敢如此大哉問

一連串音符彈了過來
霧鎖的眼前
頃刻便盤古開天

從來不承認
什麼彈指神功
那人張開雙手説給我聽

一大汪七彩的花海
鋪天蓋地的
迷惑了前瞻的視綫

連蝴蝶都在懷疑
這樣開心的怒放
究竟還能維持幾天？

一生只會説滴達兩個字
一生只會走左右兩撇步
不能中立　停下來便會死

多麼單調的宿命呵
鐘擺的行動多無趣
苦的是聽命擺佈的棋子

十八

妙功說：心還很空曠
淨與不淨
不過是高浪平波一綫間
真是奇妙
她那一頭青絲
便這樣一念之間 不見

氣壓低沉時
海浪躍身萬丈力竭呼喊
可憐　都碎身在消波塊上

說他們是
好高騖遠也好
或者　分明負隅頑抗

路過的流水對岩石說
你們都已僵化了
我來滋潤以瓊漿

岩石們秉性木訥
仍然　看天的看天
神往的神往

夢是一處禁地
沒有對準PASSWORD
混不進去

多一個字太胖
少一個字又太瘦
今夜　你祇好失眠

你是芋仔
我是蕃薯
你我共生在這塊土地

我是蕃薯
你是芋仔
我們都將被自己吃進肚裡

對不起
我是不會被你迷惑的
蚯蚓對着天邊的彩虹宣示
我已習慣貼身的黑暗
不再羨慕你那麼遠
虛晃的光明

鏡子無私的框住自身
讓張三李四王五陳六
放肆地在它面前賣弄

這樣　自大狂就方便了
每日對鏡膜拜的自己
正好　就是他的神

借給你若干歲月吧
不用付息
也任你展期

飛蛾們無動於衷
朝生暮死的活著足夠驚人
何必等到插管維生

廿六

若問黑暗有多長
火柴和火把的答案
肯定不一樣

肯定會一樣的是
縱灰飛煙滅耗盡全身熱量
最後都仍然走進黑暗

毛毛雨下個不停
遠處傳來三〇年代的
蝴蝶效應

聰明的你當知
入霉的烏雲
至今仍停留在　我們上空

你在那裡呀
水泥森林中
不時傳來尋訪你的呼聲

奇怪的是
連愛學舌的鸚鵡
也不敢曝露身份

我們堅持
看誰先被誰吃掉
譬如時光與容顏　黑夜與白晝

上帝總是平衡處理
一半紅顏　一半白髮
夜長晝短　夜短晝長

用口水把臉蛋抹黑
用頭套把私處武裝
有人扮成包龍圖升堂模樣

四歲的小彤彤大為不滿
這種卡通不好看
我喜歡無敵鐵金剛

載著歌的船 沉了
據說載不動太多
緣於一廂情願的浪漫

金鈴子從此失聲
合唱團立即解散
詩人發狂

反正　誰要挑戰
就以一〇一層的高度丈量
就以天文望遠鏡的倍數窺探

就算　誰要反撲
也得先看清血統是否純正
還得掂掂自己的斤兩

寫詩　有人寫來拈花微笑
有人順手得像無為的老子
有人卻如患了痛苦的結石

有人不痛不癢的隨地吐痰
甚至骯髒地四處便溺
我的祇盼不是泡沫或浮游生物

遠遢而去的
樹梢呼痛的蟬鳴
昨夜夢遺的露珠

何其過速的夏日呵
為了持續肉體的解放
我們必須競相以私處示人

從不想上旋成為一座巴比塔
讓上帝驚恐
更不奢想幾度春風

苦命的侏儒都很乖順
既然委身秀場
就露一手低下的本領

一片葉子追著一片葉子
無奈的往下沉淪
這便是秋天帶來的騷動

要怎樣才快樂得起來呢
已經獻出了初春的青澀
還得準備接受寒冬的晚景

嗜血是嗜血者品質憑証
蚊蚤才會專在暗夜逞兇
乘人不備　突襲而行

血腥的誘惑難熬呵
嗜血者才發狂似的鼓翼而鳴
總招來一隻大掌的憤怒

樹的傷痛全寫在樹身上
陽光永不拜訪它埋沒的根鬚
花果老是被風雨侵凌

讓樹始終不解的是　最終
還需粉身碎骨攤成一張張薄紙
讓筆的排洩玷污他無辜的餘生

卅九

一把槳拿在手裡
一隻眼瞄向前方
船要不要前行在一念之間
盼只盼迷霧不來
不會遇到險灘
你我不會爭作船長

怎麼天又暗了
怎麼又是周末
怎麼又到了月底

怎麼又是除夕
怎麼又走了一個朋友
阿門！幸喜不是立即安息

真箇是花花世界囉
高齡女尼僧袍下長出菜花
螢光幕上純美如花

湯鍋裡只剩幾粒蔥花
千山萬水已成明日黃花
凍土上獨不見傲霜的梅花

游呀游的游呀游
小魚兒的前行意志
愧煞荇草們的猶疑不走

不是不走呵
這滿身纏住的水的溫柔
是她冰冷的小手

祇是一個零附件而已
那枚小小的螺絲釘
一直護住車輪平穩的前行

不管誰説三道四
螺絲釘只做螺絲釘
原地固守是它的本份

君乃嘻哈一族
君乃波波同體
君乃雅痞　嬉痞　抑苟痞
君乃劈腿　車床　還是草莓
非也　族繁不及細備
白天此族　夜晚彼族　而已

註：

一、「波波」者即「波西米亞」及「波爾喬亞」之謂。
前者玩世不恭，
後者指生活優遇之資本家或有產階級。
進入二十世紀、原本兩個對立的陣營，
各自變異，後來相互滲透
混血，形成難以界定的文化現象，
有「波波族」之稱。

二、「苟痞」者，苟即「苟且偷安」之謂。

證實天空破了一個大洞
急需有人煉石補天
可現在那兒去找勤快的女媧

高溫下億萬載的冰山溶化
全世界的河流都墳怒決堤
治水的大禹呵！你在那裡

躲躲藏藏的風呵
要提防樹的騷動　浪的反目
都會透露你詭異的行蹤

不要亂掀少婦的衣角
不要偷揭政客的隱私
更不要隨便吹破詩人的茅草屋

時間到了就走罷
葉子掉了　樹還健在
水滴不見　河還在流

戀棧的也趁早走啦
蝗蟲不走　地糧欠收
蛀蟲不滅　樑斷屋朽

一隻被逮的狐狸哭訴
我這麼善變還被抓
難道我真的那麼臭

答曰　氣味還在其次
主要是你毛色太耀眼
你的身價在「稀有」

年輕美貌的鋼琴家說
詩人真高明
隨便湊幾行字便登臨絕頂

詩人覺得不能輕侮
從此下筆理性得像隻鼬鼠
又有人說霧裡飛花才像詩

五十

早知那籐蘿偷偷在窗外窺探
他是值得同情的
寄人簷下　遠離深山
我在窗內卻愛莫能助
要不是苦守一首詩的誕生
早流浪在雲深水澤間

你說　祇聽到
砰　砰兩聲
整個人便倒地不醒

那人低聲問　那算
月落？還是
星沉？

不要走來
我是紅燈
無法讓你暢所欲行

不要走來
我是綠燈
再往前走便是陷阱

世人啦　我們一直在進化
進化到只剩一堆數字白骨
一O六是一隻熊的編碼

三七五乃稻谷改良的新品種
九一一是O與一的分配不均
二二八代表長年復發的癲癇症

偉大的偶像扳倒以後
賣力過的繩索虛脱在一旁
獨享廣場的淒涼

循著暗香尋訪
躺在齊物論中休閒的莊子
笑說人間啦！總是如此荒唐

鴿子奮飛出一片晴空
飛彈在後面詭異的追踪
SEEKER終於鎖定目標
優雅的翅膀正中靶心
大智的托爾斯泰也不解
這場鬧劇是戰爭還是和平

絕非愛在白晝作夢
亦不喜為黑夜嗆聲
吾乃祇鴟鵂　卻非鳴禽

生性懼光
尤其五顏六色的霓虹
坐等一涅般的翩然降臨

註：鴟音痴，鵂音休，即晝伏夜出的貓頭鷹。

常笑狗追逐自己的尾巴
錢鍾書指責陸游
老是自作應聲之蟲

你不也一直在追趕自己的影子
一會兒向左　一會兒靠右
今日在西　明日朝東

晝把夜消耗掉
大海被細流消耗掉
口水把人生消耗掉

丈八蛇矛被三寸釘消耗掉
不信麼？我的正氣
被你的無恥消耗掉

如入無人之境
有人也不在他眼中
那風　那時間　那歷史幽靈

這三位一體的共犯
無情　無義　無理
任何的三千白髮可以作証

汽笛在催促什麼麼
馬達在咆哮什麼
孩子你哭個什麼

我們都已經上路
目的地就在前面
那寂靜無人的地方

不要寫詩了
勃起做愛可以高潮迭起
誰去追求佛猶不及的虛空

不要憤怒了
先天下之憂而憂的什麼？
不求施捨殘羹剩飯最要緊

最好聽的聲音
是那難捨難分的吸吮
最甜蜜的是嬰兒墜地的哭聲

不要給我聽揭開瘡疤的嚎叫
割斷喉管命定沉默飲恨
血肉撕裂豈止於痛苦呻吟

不妄想和永恆拔河
不願被那蠻力就擒
更無意追逐那虛幻的身影

只想緊抓住手中的每一瞬
將零碎的時間打造得更精純
連綴成延續久遠的長城

最好　做一枚安靜的鑰匙
縱然出出入入的空間
只有陰暗狹窄的鎖孔

開啟一處久年好奇的私秘
快樂釋放囚禁的生靈
讓一首壞詩開竅逢生

不幸走入誤區了
吐信似的毒火凶焰
射自面幕後偏激的號令

前一時饗以彩紙的鮮花
下一刻供以辣手的香草
晴時多雲偶陣雨的飄忽不定

窮惡的年程呵
為什麼風燭殘年的晚景
和少小流放同樣的不幸
砍伐得只剩半截的樹椿說
沒辦法
這便是弱小者的宿命

六七

晨起的鳥聲尖如利劍
割斷黑與白
曖昧的牽連
願天空正大光明的日出
測量者的標尺可以看得更遠
老奶奶的晨操扭得更好看

夜在蝙蝠的追擊下哭泣
它說 不要莽撞了
我黑暗的統治將要崩潰

蝙蝠其實是和夜一國的
一到白晝便也會盲目
只好躲在陰暗裡伺機

把部份緊張的身體
送進濕熱的溶洞中去罷
最好直達子宮那溫暖的原鄉

說是向母體吐糟也好
說那是忘情的做愛更妙
這是現時唯一可行的　遁逃

不想走失在口水的迷霧
不願失身於魅惑的虹霓
不屑與蟲豸塵蟎混跡

除了母親　即使
遠年母親的影子也是親熱的
凡背叛她的請離我遠去

七一

暮色蒼茫中
一朵雲向另一朵雲
今天運氣怎麼樣
另朵雲以雨滴嗆聲
景氣莫好啦
半個天使也沒遇上

風來了 浪就來了
不能落地生根者 退位
還想見風轉舵者 迴避

漂木浮漚逐浪而至
敗絮垃圾凌空而來
這真是一個囂張的世界

擁幾個失神的洋琴鬼
讓弓弦把歡樂拉鋸得毫末不剩
跳一場最后的梅奴哀吧

可聽到色司風飲泣悲鳴
也看見鐃鈸迎面撞擊
錯亂的世紀配樂就此完成

在為春天的勝利狂歡麼
光禿的木棉樹又開始把盞了
高舉得像街友似的浪漫

舉杯祝國泰民安
賜我幸福別用仇恨的眼光
縱然貧瘠也要在自家門前開放

一隻粉蝶從窗縫闖了進來
好個急色兒呵！
未經同意就朝瓶花猛撲

要怎樣解釋這場誤會呢
一個激情　一個感覺不靈
都只怪我門禁不小心

被哺以人工智慧的那廝
已將我們的版圖完全佔領
從收銀機到嬰兒尿布

野心勝過拿撤勒的那名木匠
却不是神愛世人
只聽命0與1的簡化指令

有人感覺自己被複製了
就像從耳陲的一粒細胞
誕生成乖巧的桃麗羊

真的聽到口中咩咩的叫聲了
真的就像含在野狼的血口邊上
終於知道冒犯上帝有多悲慘

對不起　你有你的雞眼
真派色　我有我的內痔
不好說　他有他的暗瘡

我們都不必侈言完美
我們都不必誇說健康
我們都還不是菩薩羅漢

我們狡猾不如一隻蚊子
還邋遢不如一隻蟑螂
貧困不如一隻臭蟲

我們貪圖賽過一群兀鷹
懶惰有如一隻獅子
無聊差比一堆書蠹

八十

下午五點鐘世界在我家比武
冬冬扮成會飛的鐵金剛
大戰彤彤勇武的鹹蛋超人

小多多急了 請出金牌戰警
芝蘇街的偶人群起示威助陣
最後出局的竟是主持正義的詩人

快變成一根金手指了
筆在右手被捉住
它是我身體的一截接枝

常扮正義的化身　只因一生梗直
不吐苦水　却嘔出靛青的胆汁
譜不動听的歌　別期望會寫頌詩

階梯索引着高處的隱秘
鳥想直飛探尋
敵不過凌空而過的烏雲

誰也沒發現什麼麼
甚至微弱的回聲
唯見傴僂的詩仍在拾級爬行

路上小心呵！那裡不止有上帝
施洗約翰正經地警告耶穌
耶穌仍自信地踏著日月前進

首先出現甜言蜜語的蛇蝎
再來闖入一頭怒吼的猛獅
幸有上帝謹守在他心裡的方寸

驚堂木警醒了昏睡的耳朵
祇問這是上帝發怒
還是遠方擲來的雷声

沒有誰知道這個資訊
正如排山倒海的土石流
轟然碉自自我堵塞的心靈

能坐進那時空交錯的空白處嗎？
每個遁逃的靈魂都感困頓
蒲團上已留下大片汗漬

頭上有鳥飛過
淒涼長嘯一聲
彷彿答非所問

風不能為雲彩定位
水不能為泥土定位
激流不能為倒影定位

地圖豈能為夢土定位
兀鷹何德為天空定位
除了自己　誰能為誰定位

鑽孔機在刺耳的大聲抱怨
這世界的完美太多了
再怎麼樣趕工也破壞不完

一片舌頭在口中偷笑
祇要我略施撥弄
便會有眾神全倒的骨牌效應

他正從窗櫺上方冉冉接近
那樣慈祥和氣該是我的父親
每當圓月上昇我便有此感應

不論盈虧總是笑臉迎人
不論悲歡總是默不出聲
不管掩映總是光潔如鏡

創意不過是塊掩護顛覆的羊皮
向極限挑戰是向國王借件新衣
都在玩　向上帝奪權的遊戲

快把亂真的面具戴上吧！
得意忘形得像跳躍的彈簧
想得好　一步就可登陸天堂

一隻飢渴的空杯
對着一飽脹的滿杯說：
你難道不覺得詩太沉重？

脹飽的滿杯不解地
回答那隻餓扁了的空杯
難道你從不覺得詩有多虛空？

影子在夜間最寂寞了
所有的光霸佔住僅有活動空間
祇留角落讓它繼續逃亡

凡走不出黑暗的必將滅絕
凡走不出內心的必將陰暗
凡不甘抹黑的必須守住陽光

南方的明亮和溫暖是誘因吧
伯勞鳥又依計遷徙過來了
濕地上有牛奶和蜜的路

不會躭憂同類的爭食
不會害怕子女們的安全
只求別誤入捕捉飛翔的陷阱

九三

樹椏上一枚成熟的果實
洞窟裡一隻倒掛的蝙蝠
柴扉前一顆企盼早歸的心

一個躍躍欲試 跌落的硬度
一個懼怕光害 提早到臨
一個擔心一場無望的空等

星星是遍佈宇宙的針孔攝影機
夜夜都在窺探暗中的秘密
是被誰安裝？由誰授意？

星星仍是若無其事的晝伏夜出
彷彿在說　若不放大倍數窺探我
怎知我正在仔細看着你

宇宙的命運會怎麼樣呢？
一隻黑熊問算命先生
先生頭也沒抬為別人算命，

我自個的明天又會怎麼樣
黑熊跨前一步再問
却再也沒看到算命先生

不要滋潤我了
眼角的魚尾紋縐巴巴的懇求
時間打烊　自會游走

隨手一攏髮際
頭皮屑落如紛紛春雨
是誰？又欲將我碾磨成齏粉

遠處紛紛投擲石頭
近處不停扔出石頭
劈面而來如雨的石頭

他們責怪　那婦人不貞
他們胆怯　那木匠的質問
他們遷怒　那些沉默的石頭

你的畫幅是一方方
形形
色色的監牢

關住一群蝴蝶的翩飛
樹木永遠不能擁抱春天
眼睛無能隔海遠眺

讓我瘖啞
讓我目盲
讓我從色彩中消失

讓我的詩　碎屍萬段
讓我的宇宙　回到洪荒
晶白的露珠說　別痴心妄想

世紀的爆破於焉圓滿完成
每個人的胸口上
都有至少三公分的烙印

沒有人知道那兇手是誰
除了那裂嘴而笑的疤痕
可惜　早己經消音

——寫於2004.1.至2004.10.
2006.2.修正

生態靜觀　向明　詩